CLAUSTRO DE VIDRO E O MONGE TROPICALISTA

escritos insólitos,
viróticos, pandêmicos
e etéreos

CLAUSTRO DE VIDRO E O MONGE TROPICALISTA

escritos insólitos,
viróticos, pandêmicos
e etéreos

RENATO BICUDO

Gerente Editorial Roger Conovalov	Copyright © Renato Bicudo – 1ª edição – 2024.
Coordenador Editorial Stéfano Stella	Lura Editoração Eletrônica LTDA. Alameda Terracota, 215 – Sala 905
Diagramação Manoela Dourado	São Caetano do Sul, SP – CEP 09531-190 Tel: (11) 4318-4605
Revisão Gabriela Peres	Site: www.luraeditorial.com.br
Capa Marcela Lois	

Todos os direitos reservados. Impresso no Brasil.

Nenhuma parte deste livro pode ser utilizada, reproduzida ou armazenada em qualquer forma ou meio, seja mecânico ou eletrônico, fotocópia, gravação, etc., sem a permissão por escrito do autor.

Dados Internacionais de Catalogação na Publicação (CIP)
(Câmara Brasileira do Livro)

Bicudo, Renato

Claustro de vidro e o monge tropicalista / Renato Bicudo – 1ª ed. – São Caetano do Sul-SP : Lura Editorial, 2024.

88 p.; 14 x 21 cm

ISBN: 978-65-5478-146-6

1. Ficção. 2. Poesia. I. Título.

CDD: B869.1

---

www.luraeditorial.com.br

Este livro é dedicado aos que perderam seus entes queridos para a covid-19.

As almas dos finados
Erguiam-se do pó:
Chocando-se torvadas,
Cruzando as naves só:
Contando às colunatas
As ânsias de seu dó.

O INCENSO NO ALTAR
José Joaquim Junqueira Freire

Sumário

Apresentação, 13
Prefácio, 15
Jaula de cristal, 19
Considerações, 20
Sentimentos, 21
Arquitetura das ilusões, 22
Insulamento, 23
Almas cindidas, 24
O galo, 25
Um dia, 26
Mórbidos, 28
Apostasia, 29
Insônia, 30
Remanso, 31
Soul (da alma), 32
Solilóquio, 33
Sortilégio, 34
Dádiva, 35
Cronos, 36
Black Power, 37
Colored people, 39
Morada do silêncio, 41
Aula magna de lógica proposicional, 42

Umbria, 43
Psicodélico, 44
O desembargador abestado e o GCM, 46
Sem voz, 48
Malogro, 50
Enigma, 51
A pedra angular, 52
Augúrio, 54
Mareantes, 55
Cândidas flores, 56
Discipulado, 58
Quarentena, 59
A sarça ardente irada, 60
Noite alta, 62
O antiquário, 63
O deserto na cidade, 64
Da viagem, 65
Odeio os indiferentes, 66
Toada, 68

Do encantar-se, 69
Renovo, 70
O horto das reminiscências, 71
Cativeiro urbano, 72
A mãe ancoragem, 73
Etiologia, 74
Pueri domus, 75
Kairós, 76
Conspiração, 77
Devaneio, 78
Jeremias, 79
Cães de aluguel (com licença de Quentin Tarantino), 80
Olhos lilases, 81
Desterro, 82
Diadorim, 83
Da seita dos astrosos, 84
Beatitude, 85
Romãs sob o sol, 86
Claustro de vidro, 87

Apresentação

A literatura sempre fez parte da minha vida. Na infância, quando declamava nas tertúlias escolares, nas festas litúrgicas da paróquia, nas solenidades fúnebres, nos aniversários e em datas memoráveis como o Dia do Professor, entre tantas efemérides.

Na adolescência, percebi que tinha um prazer incomensurável em ler toda e qualquer poesia e também contos. Na juventude, assustado e um pouco incrédulo, tive a convicção do que eu queria mesmo para a minha vida: ser um poeta de ofício, um escrevinhador de versos.

Iniciei timidamente na minha cidade natal e desenvolvi essa sublime arte na magnífica megalópole que me acolheu: São Paulo. Os clássicos da literatura e da filosofia deram o impulso necessário para essa lisérgica e enlouquecedora viagem.

Ainda hoje, não desci da nave...

Renato Bicudo

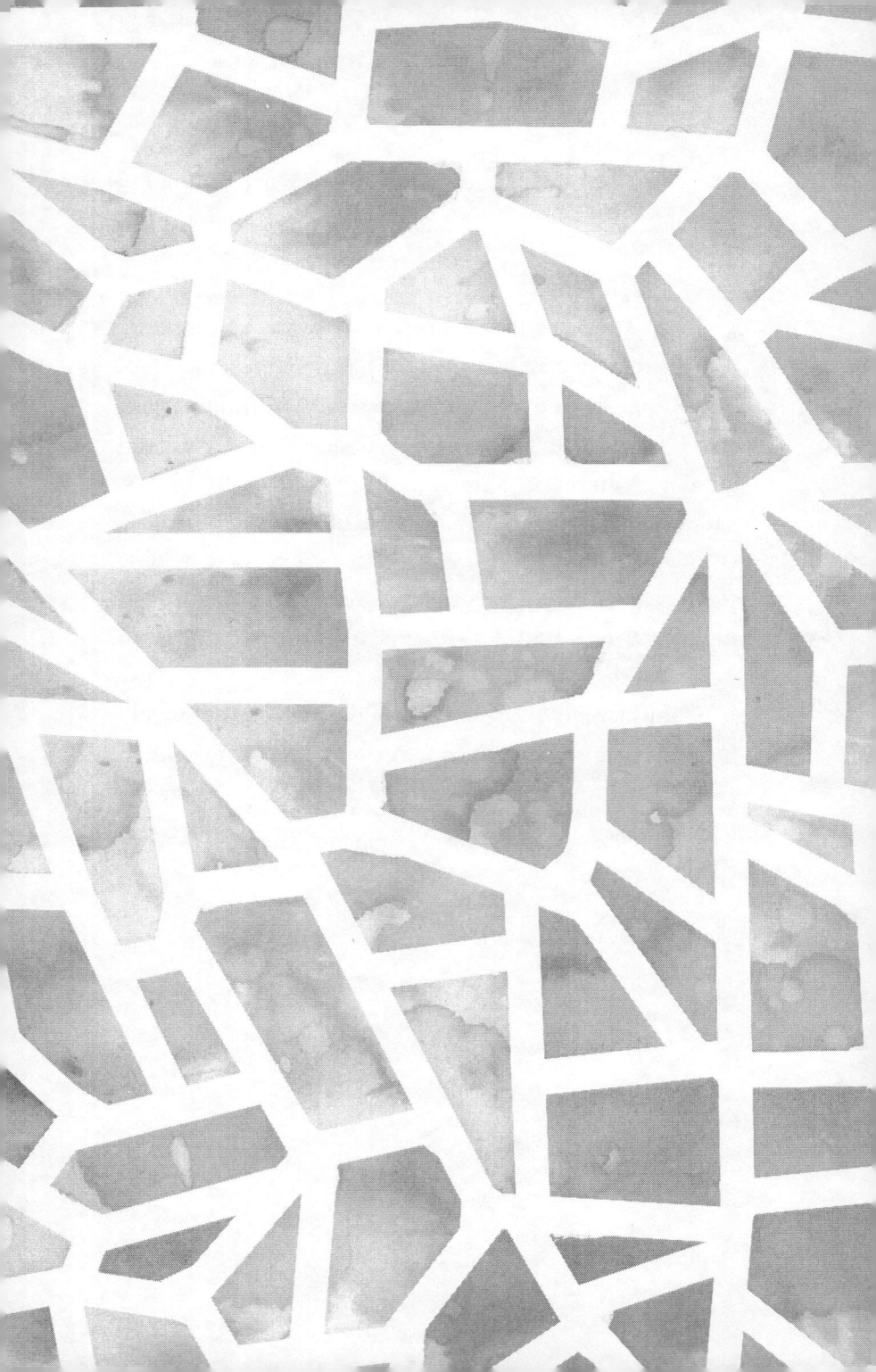

Prefácio

Foi por volta de março de 2020 que o bichinho até então desconhecido atravessou mares e chegou às terras brasileiras. Impressionava sua capacidade de locomover-se, de multiplicar-se. Pela televisão, cenas tristes de vidas perdidas. Um pequeno organismo capaz não só de interromper a existência, mas também de despertar angústia, medo e desespero. Logo se veria que o bichinho era na verdade um bicho-papão.

A solução imediata encontrada pelos homens e mulheres da ciência foi o isolamento total. Isolamento Social! No dicionário: "ato ou efeito de isolar; estado de pessoa isolada, de separar dos demais, privada do contato social".

Abraços, encontros, conversas presenciais, são limitados. Nas ruas e praças imperam o silêncio, a ausência e o medo. Como profeticamente anunciara o poeta Raul Seixas em *O dia em que a Terra parou*.

A nós, seres humanos, sedentos de liberdade, de encontros, de festas é negada a liberdade de ir e vir, os encontros, as festas. Cada um, como se diz na linguagem popular, se virou como pôde: comunicação a distância, *lives*, leituras, músicas, rezas...

Mas o deserto pode ser fértil, como dizia Helder Câmara. Biblicamente, da rocha pode brotar água. É isto que faz o amigo e poeta Renato Bicudo, parceiro de boas conversas, de rezas e de andanças; amigo de sonhos que nele se tornam escritas mergulhadas na vida, no tempo, na dor, no prazer. "Monge tropicalista", como ele mesmo se define. Na sua sensibilidade e irreverência, não se dá por vencido: aplaina os caminhos da solidão. Do chão árido faz brotar os frutos da vida. Seus poemas e poesias encontram identificação, cumplicidade, admiração, mas também provocação.

Imagino o amigo naquele período sombrio: limitado na sua inspiração libertária, freado no seu ser andarilho, tolhido da boa conversa na mesa de um bar, distante dos amigos de fé. Felizmente, com seu poetar, Renato venceu o vírus no corpo e no espírito. Foi capaz de se *re-criar* através da escrita, como tem feito com seus livros.

Em uma citação de Nietzsche, da qual não me lembro a obra, ele diz mais ou menos assim: "Quando a roda da vida ameaça parar, são os filósofos e os poetas que a fazem girar."

Pensamento interessante.

É disto que se trata este *Claustro de Vidro e o Monge Tropicalista*; coletânea de poesias, fruto do isolamento forçado, mas criativo, que Renato experimentou (como tantos de nós) no seu "exílio" em Botucatu, tendo como companhia diária os pores do sol, em seu ocaso, crepúsculo e poente, vistos pela ampla vidraça do seu quarto (claustro). Poemas que questionam, remexem, acalmam, interpelam.

Conheço bem o amigo, sua inquietude política, seu compromisso social, sua indignação diante das injustiças, sua fé engajada, o seu desejo de que o ser e o prazer em viver sejam direitos de todos e todas.

Com um pé na realidade, este monge tropicalista, de súbito, se vê no dever de sair de seu claustro, chamado pelo clamor das multidões: ao se avizinhar as eleições municipais de 2020, ele sabe, por sensibilidade política e poética, que é hora de voltar à Pauliceia Desvairada. Na bagagem o sonho de torná-la mais humana, mais poética. O que ele vê com os olhos de filósofo e poeta é a possibilidade da candidatura de Guilherme Boulos, um "político tropicalista", chegar ao poder. O desfecho desta história todos conhecemos. Mas o poeta não se vê por vencido. Retorna para seu claustro interiorano, professando a fé no verbo "esperançar". Afinal, se *o poeta é o que sonha o que vai ser real*, é preciso pisar no chão firme e movediço da realidade; comprometer-se com ela. Este *Claustro de Vidro e o Monge Tropicalista*, do amigo Renato Bicudo, é a prova de que o "não ainda", o sonho, a utopia, começam a acontecer.

São Paulo, 02 de fevereiro de 2024

Um ano do governo Lula.
Dez anos do Papa Francisco.
Senhora das Candeias.
Odoyá Iemanjá.

Com afeto,
Miguel Savietto
Docente de Filosofia

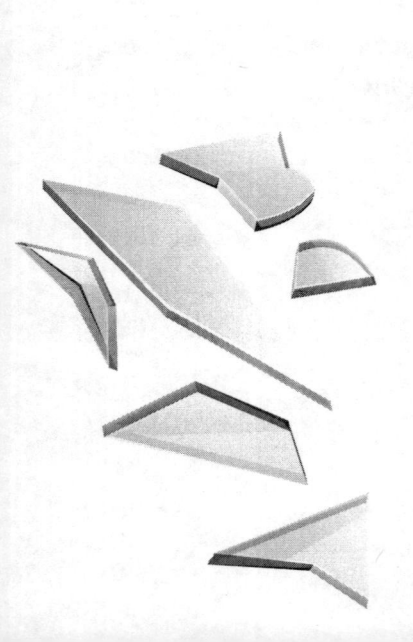

Jaula de cristal

Minha mirada carmesim de moço daninho
não se desfaz com um cântaro de colírio.
Sequer o Ray-Ban que você me comprou na
25 de março
pôde aliviar meus
olhos vermelhos de lobo mau,
tão vermelhos como a capinha
vermelha de feltro egípcio da
Chapeuzinho Vermelho.
Meus olhos congestionados de peiote;
eu, monge tropicalista,
e meu coração convulsionado
de caminhar pelo quarto afora
onde eu vou bem sozinho!
A droga mais perniciosa,
a mais sinistra *bad trip*,
tem nome e uma
singular identidade:
vírus maldito; pandêmico autor da
solidão!

Considerações

Naquilo que se fez lembrança
há sempre um estranhamento
quando se chega ao fim.
Tudo passa!, você dizia com
soberba convicção professoral.
Para mim sempre foi e será
uma verdade relativa.
Há sentimentos, afetos e amores
incrustados no hermético
cristal da eternidade;
é como querer apagar as marcas de
sangue com lenço de
papel crepom.

Sentimentos

Confinadas emoções
hermeticamente trancafiadas.
Diques cerrados
casas caladas no silêncio
terrificante da noite.
Só espero que não rompam
as eclusas que represam
com burgueses bons modos e
inverossímil resiliência
a enxurrada de sentimentos,
caudalosa cachoeira.

Cristalina água em barrenta
ribanceira,
misto de desejo e ódio
mesmo que na superfície
permaneça
o plácido lago das inquietantes
certezas.

Arquitetura das ilusões

É preciso dar tempo ao
tempo.
Agora, nestes tempos,
o que sobejamente temos
à saciedade é
tempo.
Nossos corpos lutam contra a tirania do
tempo, que nos afasta – compulsoriamente –
daqueles idos tempos, quando juntos ficávamos
tempos infindos em
afagos a longo tempo, amando-nos despreocupadamente
a perder de vista, posto que não estávamos escravizados
ao rigoroso e castrador senhor – o tempo!
Sem você, e abundando tempo,
construo catedrais, sabendo que elas interpelam o tempo
decorando-as com vitrais, reluzentes cristais,
coloridos vidros, vidrilhos, lantejoulas,
desafiando o implacável
tempo:
como as inverdades afáveis e meticulosamente
arquitetadas
com as quais você me iludiu
por imemoráveis e
dissimulados tempos sem fim.

Insulamento

De dentro de nós
irrompeu essa diáspora:
já não temos mais nenhum
lugar;
sequer alguém que nos ampare
no exílio que vamos habitar.
Não há geografia no vasto
mundo
que possa nos comportar,
estamos à deriva
com nossa sofreguidão.
Todo homem é uma ilha
senhor de sua razão
orgulhosamente atrelado
aos prodígios de suas mãos.
Agora se vê em orfandade
driblando um enigma intruso
absorto no mistério insondável
de nossa humana e transitória
condição.

Almas cindidas

Posso escrever a poesia do
silêncio:
todas as coisas estão engavetadas
confinados de vez os saberes
pelos séculos sem fim.
Os livros empilhados aos pés da cama
pressentiram os derradeiros dias.
O mundo quedou-se curvado
ao excelso deus mercado.
Imperam os filhos das trevas:
terraplanistas, armamentistas,
anticientistas,
fascistas e viróticos antivacinas.
A turba relincha e festeja
sepultaram a arte ainda viva
decretou-se a morte em massa
de todos que persistem e se encantam
pela exuberância da
vida.

O galo

Um galo cantou
ao longe
não sei se é domingo
ou feriado.
Os galos gostam de cantar
estridentemente
nesses meliantes e
preguiçosos
dias.
Um galo cantou aos céus
algo inusitado aconteceu:
um jovem ressuscitou
um filho voltou para casa
um luto encontrou seu
termo final.
Um galo cantou ao longe,
talvez haja um decantado
alvorecer.

Um dia

Quando tudo acabar,
eu vou te abraçar
com a força de um terremoto,
um abalo sísmico.
Recluso neste
claustro de vidro
ponho-me a mirar-te a distância,
sonhar-te acordado.
Há uma desconcertante dose de
saudade nesse horizonte.
Ramagens trepadeiras
unhas-de-gato, agarradinho
não medem esforços para subir
as alturas descomunais dos muros que dividem
histórias, paixões, almas e existências...
Também eu galgarei as ladeiras,
íngremes caminhos desta via sacra desnaturada
isolamento sem fim
para ver-te fulgurante, assim que a
pombinha branca da boa nova

aparecer com o ramo de oliveira no bico:
não há mais vírus; a vida e seu destino.
Um dia, quando tudo isso passar,
eu vou buscar você pra
mim.

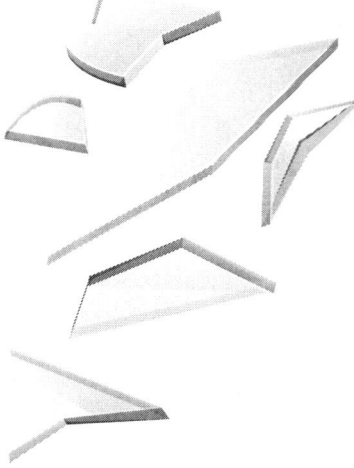

Mórbidos

Todos morremos um pouco
quando banalizamos a morte
desde que não seja a minha.
Ao professarmos cegos e crédulos
– oh! fé utilitarista –
que seja ela um corretivo
para os que julgamos
não merecer guarida.
Todos morremos de
corpo, alma e espírito
quando Narciso irrompe
e nos quer fazer
senhores absolutos da
vida.

Apostasia

Na dobra do lençol
havia um raminho verdejante de alecrim.
Sua megassuperstição suplantou
o credo apostólico que agnosticamente
desde sempre professastes, embora às vezes
sua fé carismática abominasse a
Nova Era.
Dia sequer, não deixavas de
consultar os Astros.
Desde nosso primeiro encontro
fizeste questão de ressaltar
que Touro e Libra se combinam bem.
Terra e ar: você pé no chão e eu um
inveterado sonhador,
sob a regente proteção de Vênus.
Sempre apregoaste a perenidade do amor
mas, na dobra de sua prosa,
na gramática do seu linguajar,
tudo era retórica:
palavras ao vento
exacerbados rompantes
profusão epidérmica de furtivas
emoções.

Insônia

Nas longas noites
de insônia
chamei febrilmente
por ti.
Da luz difusa
do quarto
teu vulto acercou-se
de mim.
Etéreo como algodões de nuvens
insubordinados querubins
anjo alado, cupido espectro
azuladas geleiras madrugadas a fio
batimentos cardíacos em motor celerado
vastas como as divisas das fronteiras
as inomináveis lembranças
sem fim.

Remanso

A palavra é ferina
restaurador o silêncio.
Com a palavra, erigimos
arranha-céus,
no silêncio construímos
metódica e pacientemente
deslumbrantes e imponentes catedrais; e
pontes que interligam
continentes.
A palavra vem carregada de intenções,
o silêncio é o mistério do verbo
em potência e ação:
implícito motor que impulsiona
profundas e indeléveis
revelações.

Soul
(da alma)

Envergam-se os nossos sentimentos
como a cana rachada ao vento.
Dobram-se mesmo que de joelhos
na ilusão pueril de não se estraçalharem.
Não se extirpam os sentimentos da
alma e do coração por decretos, teses ou
sequer pontificadas, racionais e acadêmicas opiniões.
Os sentimentos nos traem, nos desestabilizam
quando queremos enfrentá-los com nossas
antropológicas e elaboradas teorias.
Os sentimentos permanecem
ad aeternum
zombando de nossa autossuficiência,
imperando senhoriais sobre nossas existências
para que nos sintamos:
corpo, alma, coração e mente,
simplesmente amantes e divinamente
humanos.

para Nina Simone
(de preferência, ler ouvindo-a interpretar
"Feelings" ao piano)

Solilóquio

Em conta-gotas esvai-se o
tempo,
ampulheta precisa que não
negocia a marcha inexorável
das intermináveis sucessões.
Nenhum, nenhum, nenhum
lugar está bom.
Nada está bem!
Não há oxigênio para todos, meu bem. *E daí?*
Mesmo assim, corre o rio em
direção ao mar:
não se revoga a lei da gravidade.
A queda livre, indistintamente,
nos surpreenderá.
Não há baronato que corrompa o
tempo – mesmo *passando a boiada* –
ele é democrático, absoluto,
e a todos enverga
como caniços agitados ao
vento.

Sortilégio

Nem os perolados e enfunados
búzios,
sequer os sinuosos e segredados
arabescos da palma das mãos;
quanto mais as reveladoras cartas
esotéricas do Tarot
ou do Baralho Xamânico.
Não há adivinhações ancestrais
cabalísticas interpretações.
Alumiar o estulto,
trazer de volta à Terra
o nefelibata apaixonado, é como
colar um cristal fraturado,
suspirar pela volta de uma inoportuna
palavra lançada ao vento.
A sorte de um vivente
é uma loteria, um incerto acaso,
um jogo de contas de vidro,
o aprisionamento de um anjo alado;
é como impingir ao lúcido a humilhação
abissal de que é um
louco.

Dádiva

Do céu escolhi uma estrela
do mar, uma rosada pérola,
delicado primor da natureza.
Cá na Terra, um variegado
jardim de roseiras.
Entre elas, uma só Rosa,
a mais bela, dócil e
graciosa do perfumado buquê:
sublime fragrância,
enlevada encarnação maternal.
Para a Rosa mais amada,
ofereço a pérola e a estrela.
Nada tenho que não seja teu,
Rosa mística e santa,
idolatrada mãe consoladora,
mistagógica guerreira à gauche
revolucionária e terna
senhora.

para minha mãe Rosa
Botucatu, 10/05/2020
Dia das Mães

Cronos

Tão calmo senhor é o tempo
despojado, descalço, andarilho
pelas várzeas, cerrados e caatingas
entre os arranha-céus, luzeiros, burburinho
das gigantescas cidades, sozinho!
Pedras sobre pedras, tumulares existências
beija-flor, arco-íris, estrela cintilante
cristalina e fresca água da nascente;
nada é para sempre na Economia da vida.
Tudo passa: passa o tempo, passam as gentes;
passa aos de têmporas esbranquiçadas
e aos jovens,
mimoseados com dádivas de beleza, graça,
e singular sabedoria.
Passa para o sóbrio, o incauto, o soberbo
e ao místico que se designa:
O menor entre vós.
O tempo não poupa nada,
mas eterniza em nós
a gratuidade do amor
em todas as fases da vida.

para Ninho
Botucatu, 19/05/2020

Black Power

para João Pedro Mattos Pinto
em memória (morto pela polícia do Rio de Janeiro,
em 19/05/2020, aos 14 anos)

De longa data desenraizados
brutalmente seviciados:
torturas, estupros, sodomitas prazeres
inocentes almas, violados corpos infantis
separações, enfermidades, banzo e morte.
Das ensolaradas e idílicas Guiné e Angola,
os festivos, alegres, altaneiros, belos, sensuais,
nobres povos dos deuses ancestrais de
benguelas, congos, ovambos, ambundos,
cores, miçangas, búzios, trançados, ginga,
tambores, oferendas, divindades tão humanas
do Cosmos,
rezas e preces, ervas e defumações.
Mesmo assim, o peso da cruz dos brancos
cristianizados crucificou em vida
a negra pele de milenar existência.
Ainda hoje lhes destinando a margem,
o morro, as encostas – a senzala.

Como forma de vida, a mísera caridade avarenta
dos escravocratas de ontem, de hoje e de sempre –
Amém!
Pérolas negras jogadas aos porcos.
Vidas destroçadas por fardas emporcalhadas e
adestradas de
crueldade, sangue, ignorância,
e o racismo que se quer cordial,
pasteurizado, catequizado – acima de tudo mentiroso,
perverso, cínico e cruel.
Deus não os fez assim subalternos! Não pode ainda hoje
vidas e corpos negros serem banalmente dizimados.
É preciso gritar em alto e bom som:
A Revolução do Povo Preto chegou!

Colored people

para George Floyd
(morto asfixiado, em 25/05/2020, por um
policial em Minnesota, EUA)

BLM - Black Lives Matter
(vidas negras importam)

O ar perpassa nossas narinas
o frescor deste dia
é o Ruah da criação
o hálito puro de Deus:
existimos; a que será que se destina?
Tão suave essa brisa
a fragrância do seu perfume me lembra
quando te amei pela primeira vez,
Roxie, minha deusa de ébano.
O vento impetuoso dos vales
vivificou nossas mãos; depois nossos lábios
nus nossos corpos sobre a relva,
os dourados alecrins, a inebriante lavanda
lilás como as chagas das incontáveis feridas

ainda não cicatrizadas da nossa costumeira exclusão,
estigmas carnais com os de obsidiana cor.
Nosso lar é um jardim florescente
de constante primavera,
nossos rebentos: Quincy; Gianna,
diamantes negros de nossa comunhão,
o que de mais sublime de nós brotou.
Depois de vocês, no panteão das delícias,
o esporte e o hip-hop.
Oh! América mentirosa e ilusória
pátria que se quer branca, de homens pasteurizados
higienistas dos corpos, sepulcros caiados
de ossos fétidos e repulsivos.
Quantas guerras fratricidas você perpetrou
ao longo da história, em nome da supremacia
de deus, da família e da propriedade.
Onde tua tão decantada democracia e liberdade?
Hoje não volto para casa, meu amor,
o seu Big Floyd evanesceu:
estou acossado entre o pneu de um carro
e um branco homem fardado que não gosta de mim.
Eu tenho amores, ele não!
Eu tenho asas, ele rasteja!
Já são oito minutos de eternidade, meu amor,
e eu só consigo balbuciar
nesta sufocante agonia:
Por favor, eu não consigo respirar...

Morada do silêncio

tranquei a porta
cerrei as janelas
a casa não comporta mais assunto nenhum
reina o profundo silêncio
das vozes caladas
delicadezas mutiladas
impera magnânima a indigesta ausência
forjada a ferro e fogo
como infância desamparada
a incômoda certeza
de que tudo poderia ter sido diferente
a casa está deserta; gélida
mesmo a luz dourada
que a tarde rouba do Oeste
não mais ilumina
o taciturno espectro
da solidão suportada
a casa agora é um repositório
de ilusões devastadas
imprecisas lembranças
congeladas.

Aula magna de lógica proposicional

(para livres-docentes em epistemologia)

gato é como cachorro
cachorro também é gente
logo, gato também é gente.

Umbria

O vento minuano
das tardes de inverno
gélido horizonte dourado,
prenúncio de um naco
de lua azul-cobalto
na silenciosa vertente oeste da
cuesta botucatuense,
tão triste como a saudade
perdida no tempo.
Aqui meu santuário,
meu tapete mágico de siderais
meditações.
Eu, um náufrago,
anseio pela Stella Maris
um porto seguro no céu,
dália amarela
outros dias vermelha,
dos meus quintais da
infância:
terra; onde sou e serei
um eterno
caminhante.

Psicodélico

Voltei a calçar minha sandália
de couro cru franciscana, e minhas
meias coloridas.
Minha bata lilás de Katmandu
ainda tem a fragrância de patchouli,
esse misto de maconha e mel.
Meu brinquinho de argola dourado
voltará à minha orelha esquerda:
a primeira vez que o usei foi em 79.
O anel de pedra azul-turquesa
já não mais cabe no meu dedo anelar,
minhas mãos estão absurdamente inchadas
de tanto suplicar por um mundo novo,
esse de agora está tão careta, enrustido e enfermo!
É chique ficar isolado; quarentena
passou a ser uma virtude teologal.
Meu sobrinho disse que fui pra Woodstock
e nunca mais voltei.
Ripongo, bicho-grilo, odara, cabeça feita
quisera voltar a ser fazendeiro em Iacanga,
ficar nu em Arembepe,

inebriar-me com o mais fuleiro absinto
verde vaga-lume fosforescente
nas noites quentes de lua e estrela.
Quem sabe mochilar novamente por Marrakech,
viajando baseado no mais puro haxixe
e fazer amor: livre, livre, livre...

O desembargador abestado e o GCM

O vírus, o patógeno, o ácaro
jaziam nos autos,
nas entranhas do processo
que descansava em sono eterno
havia anos no gabinete do bonachão magistrado.
Um dia, o vírus, o patógeno, o ácaro
cansaram de ficar inativos em meio àqueles papéis
amarelados e farinhosos, e decidiram alojar-se
no cérebro já desmilinguido do doutor,
quando ele, inadvertidamente,
abriu um dos insepultos volumes.
Fizeram a festa nesse caldo de cultura das trevas.
De pronto, o doutor desceu à praia para descansar
de tanta empáfia,
pois já era portador contumaz de todos os
vírus, patógenos e ácaros,
não usando máscaras contra o "virusinho" da gripezinha.
O jovem GCM o admoestou:
o pretor esperneou-se em francês,
ele se apresentara como um iluminista da
Sorbonne Université.
O GCM era moreno, bonito e sensual,

o desembargador um puxadinho de
vísceras, lipídeos e morbidez:
não há vacina no mundo contra o ódio,
a inveja e o despeito pelo belo, o jovem e o viril.
O GCM não precisa tomar o *azulzinho*,
num piscar de olhos ele é um lobo voraz.
O desembargador é um frappé de leite azedo.
O GCM é vida; o desembargador, a cara das
milhares e milhares de covas dos cemitérios
onde se depositam os corpos daqueles que foram
mortos pelo vírus que o magistrado,
na sua nababesca, oligárquica, plutocrática e
privilegiada existência,
insiste criminosamente em negar.
Tomara que a Corregedoria e o CNJ
não sejam infectados pelo vírus
que dos sarcófagos do TJ/SP
o Brasil profundo
aviltou.

(fato ocorrido em Santos-SP, em 25/07/2020)

Sem voz

para Marielle Franco
(hoje completaria 41 anos)

Não se quebra o silêncio.
Ninguém solta o silêncio de ninguém.
A vida é melhor assim, no silêncio;
do contrário, teremos muito em que pensar:
o silêncio lúgubre das senzalas,
o silêncio servil do capitão do mato,
que não fala, mas faz!
Se não fizerem silêncio,
pisarão em suas gargantas
as mulheres historicamente caladas
as negras utilitárias e coisificadas
os rapazes moreninhos
que não aprenderam a ser "gente de bem",
as botas dos bandeirantes
os coturnos dos generais

o sadismo sangrento dos "pulícia"
convertidos em milícia.

O silêncio, que poderia ser um exercício
de conhecimento e alteridade,
aqui é o desabamento dos céus:
o grito entalado na
garganta!

Botucatu, 27/07/2020

Malogro

Nas cálidas noites serranas
azuladas pela lua despudoradamente brilhante
caminho nas trilhas íngremes do desprendimento.
Canteiros de avencas, açucenas, agarradinhos e verbenas,
você foi um favo de mel em minha boca.
Hoje amargo o fel que meu peito golpeia:
é como dilacerar os pulsos
o sangue, a água, a lúbrica teia,
cachoeira de emoções
que no mar do esquecimento vai em corredeira,
assim como uma peçonhenta víbora
serpenteia.

Enigma

Veja como brilha a lua
essa lua plena, tão cheia
que deixa um rastro de prata
no azul severamente marinho
das moradas celestes.
Brilha sobre os corpos
inebriados de amor
perdidos nos bosques
extasiados pelo clarão
que avulta seus mais íntimos segredos.
Brilha sobre os campanários
esquecidos no tempo, por onde
já se passaram infinitas luas
e nenhum vivente despontou para
confirmar os confidentes delírios
sacramentados sob o luzeiro
das incontáveis luas
proibidos pecados
mistério gozoso dos nossos
mais desvairados
desejos.

A pedra angular

para Dom Pedro Casaldáliga
(pai espiritual de uma multidão de homens e
mulheres de fé e revolucionários)

Um homem tão pequenino
franzino que faz doer
é uma pedra angular.
Um gigante da gentileza
misto de poesia e práxis
a Boa Nova como notícia
as trêmulas mãos dadivosas para
partilhar e abençoar.
Na sua modesta casinha
joão-de-barro da fé
chinelos de vão de dedo
mas descalço a vida inteira;
no anelar um anel de tucum
abraços pra acalentar.
Purpurado apenas seu sangue
que circula por entre mil

nas multidões que o circundam
como os que um dia buscaram
o Profeta de Nazaré.

Botucatu, 09/08/2020
Dia dos Pais.

Augúrio

Vicejam as nobres roseiras
em variadas cores; são uma
harmônica sequência de luz e tons.
Espocam as quaresmeiras
manacás-da-serra
a cândida camélia
orientais pessegueiros e cerejeiras em flor.
As azaleias – em situação de rua – gritam sua formosura
inseridas que estão nos castigados canteiros
poluídos das soturnas avenidas citadinas.
É agosto, mas se percebe o
prenúncio setembrino da
radiante primavera.
Assim tua presença, teu sorriso,
que no inverno gélido da existência
trazem o sol que aquece e perpetua a
vida.

Mareantes

Quando cai a tarde sobre o sereno mar,
a nau se vai; não sei se quero ou não navegar.
Vem então a noite lunática, fantasiada
com um diadema de estrelas na cabeça.
Quem se põe ao mar não tem destino assegurado.
De Ítaca, com as voluptuosas nereidas,
aos mares verdejantes, domínios da morena deusa
Iemanjá,
é possível se ter um céu de brigadeiro
ou um inferno traduzido em gigantescas ondas de
assolação.
Os que se lançam ao mar da existência
podem nadar de braçada ou dormir o sono dos justos
no colo acalentador de Poseidon,
pois que a espera e a esperança são consoladoras
virtudes.
A bandeira desta ditosa embarcação
a nenhuma nação pertence,
ostentando a flâmula branca da universalidade e da paz.
Apenas um detalhe chama atenção, inserido ali,
em letras garrafais em carmesim:
Nossas escolhas nos definem.

Cândidas flores

As inumeradas flores nevadas
do ipê-branco, na rua da minha casa:
cocadas de fita, balas de coco
que as tias esticavam, esticavam, esticavam
e depois cortavam em pedacinhos iguais
sobre uma grande mesa de mármore.
Eu gostava das puxa-puxa; as tias as queriam
durinhas: eram mais artísticas!
Do oratório da cozinha, São Benedito, o
patrono dos cozinheiros, olhava complacente
a nobre função das matronas.
O Dito tão preto, as balas tão brancas,
no céu não há acepção de pessoas.
O Menino Jesus em seus braços sorria,
ele queria um pedacinho que fosse.
Chegara setembro; tudo prometia florescer.
Moço formado, aprendi que as mesas de mármore
nos hospitais e sanatórios poderiam
servir para jazer os corpos inertes

que deixavam a vida.

Quando crianças, só queremos saber de guloseimas mil; já adultos, ensimesmados filosofamos sobre as frias lápides de mármore.

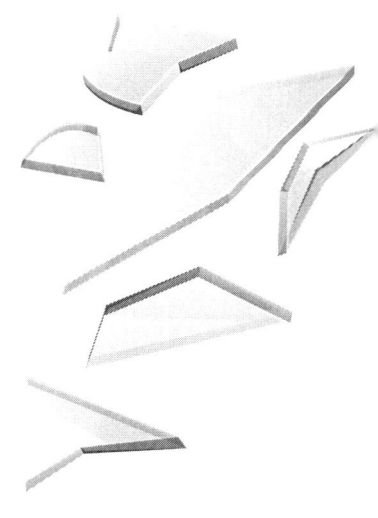

Discipulado

Os discípulos de Confúcio não se perdem no vasto mar, nem no oceano agitado da existência.
O velho mestre ensinou:
Ao navegarem, manejem as velas sempre em cega obediência aos ventos. Eles continuamente os levarão a um porto seguro.
Não sou nem nunca fui pupilo do mago Kong Qiu: sempre me debati nas águas revoltosas
das ondas da vida. Mesmo que elas estivessem em serena calmaria, as velas da minha embarcação titubeavam perdidas na minha particular travessia de contraditórios sentimentos.
Fosse eu um confuciano, andaria lépido e feliz sobre as águas – sem submergir –
nas profundezas abissais de minhas efêmeras emoções.

Quarentena

Há muitas coisas sobre a mesa
nesse período isolacionista e involuntário
de solidão servil
que estamos atravessando.
As anotações nas mimosas cadernetinhas,
a coleção variada de canetas, lápis e
utensílios de papelaria,
os livros empilhados na escrivaninha,
espalhados pelo chão do quarto
que se converteu numa cela monástica –
suplicando para serem manuseados, lidos, devorados
para darem a falsa impressão
de que podem debelar
a desoladora saudade impregnada em cada
canto da casa.

A sarça ardente irada

Não há vegetarianos
não há veganos
não há ecologistas
não há naturalistas
não há franciscanos nem franciscanismos
não há homens e mulheres
de Boa Vontade,
nenhum bioma está a salvo.
Estamos todos de mãos atadas
é a vez e a hora da cultura de morte:
Brasil e Deus. Deus e Brasil
(um acima de tudo; outro acima de todos)
e *deixa a boiada passar...*
pois de tanto vomitarmos O nome,
O entregamos às chamas;
bem profetizou Nietzsche: *Deus está morto.*
Nós, os crentes, conseguimos mandá-Lo arder
no fogo do inferno.

Tudo chameja: criaturas viventes, matas
florestas, flores, sementes, nascentes,
a vida é calcinada pela ganância de possuir,
possuir, possuir... Perdemos a razão e as
coisas do coração.
Francisco de Assis copiosamente chora,
talvez suas cristalinas lágrimas
– manancial da Irmã Água –
tragam um refrigério à nossa
Churrascaria Universal
ou então, como autômatos que cultuam um "mito"
(em terceiro grau de queimadura moral),
repetiremos:
E daí? E daí? E daí?

Botucatu, 04/10/2020
Dia de São Francisco de Assis
Dia da Ecologia
(o Brasil em chamas)

Noite alta

Há um silêncio na casa.
Há quase um silêncio na casa,
não fossem os soluços
disfarçados e intermitentes
sob o velho lençol de linho
tão alvejado como a falaciosa
mística do amor eterno.
Sobre a cômoda do quarto
num autêntico murano furta-cor
que trouxeram da primeira viagem
a Veneza, um colossal buquê de rosas amarelas
– de plástico, isso é fato! –
provando de forma inconteste
que as aparências enganam.
A noite se alonga num arco infinito
em conluio com a lua e as estrelas.
A única verdade concreta que subsiste
na desditosa casa é a pretensa virtude
da indiferença e um ensurdecedor
silêncio.

O antiquário

A velha loja da rua principal
é um depositário de memórias.
Da Germânia, um minúsculo óculos
com aro de ouro, redondos como duas
moedas renascentistas.
Não sei de qual longe país dos Bálcãs,
um crucifixo de marfim.
De Roma, um rosário de cristal
que juram ter pousado nas mãos da Pietá.
Em todas as peças paira um mistério solene.
Nas caixinhas de música, uma coleção de saudades.
Numa porcelana portuguesa, talvez do setecentos,
lê-se em letras desmaiadas:
A poesia está guardada nas palavras.

O deserto na cidade

este deserto temperamental
tortuosos caminhos de impermeáveis
asfaltos
o demônio do meio-dia
a gélida noite vazia
sozinho após uma tempestade de areia
minha confissão não encontra ouvidos
nem mesmo um pulsante coração
estamos todos assoberbados com nossos afazeres
esta cidade sufocada de arranha-céus
dissimula sua aristocrática segregação e
professa a meritocracia existencial
tenho um mapa em minhas mãos
talvez eu siga para o leste
mesmo que me surpreenda o
causticante sol a pino
pois é do oriente que a vida emerge
em plena e clarividente
presença.

Da viagem

estes seres diáfanos
repletos de veleidades
agitam-se ao vento
das incontáveis emoções
a vida – um sopro profundo da alma –
pode debelar-se incontrolavelmente
no agitar-se das sedas e da musselina
a elegância refinada das vozes silenciadas
o véu de tule sobre as faces maceradas
ninguém ousa desvelar a verdade
o sofrimento consentido
anestesia a alma
e os corações oprimidos
que perpassam mundos
perpetuamente adormecidos
num requintado esquife de
cristal.

Odeio os indiferentes

inspirado em Antonio Gramsci

Se a Revolução Russa evanesceu
a alma revolucionária persiste
driblando o mundo dialético.
Não se abole a luta de classes
por decreto. Nem com uma
cafona caneta Bic entronizada
no Alvorada.
Sou Liberdade e Luta!
LIBELU, odara, porra-louca, bicho-grilo
dos meus vinte e poucos anos,
valei-me, meu Pai Oxalá.
Gramsciano/trotskista
essa salada ítalo-russa
me faz livre e libertário demais.
Orlando, Boulos, Tatto ou Rui

qual dos quatro empunhará a foice e o martelo?
aquele que quebrar as vértebras jurássicas
dos velhos lobos famintos
plutocratas vampirescos do volátil
capital.

São Paulo, 15/11/2020
primeiro turno das eleições para
a prefeitura de Sampa

Toada

Ultimamente só converso
com os passarinhos.
As cantilenas dos bichinhos
são alegrias soltas como
balões coloridos alçando aos céus.
A profusão de estrelas da Via Láctea
abriga a ascensão dos sorridentes anjinhos
nessa sinergia que estou vivendo.
Dos homens, não entendo mais a linguagem!
É da canora revoada que recebo
uma constelação de
afetos.

Do encantar-se

em memória do poeta Adriano Menezes
(† 15/11/2020 – Ouro Preto, MG)

Muito pouco conheço da morte.
Não sei em que cruzamento da vida
ela me surpreenderá.
Já cheguei quase ao pico das Agulhas Negras.
Também desci encurvado, em estreito e
claustrofóbico caminho, à base mais profunda
de Quéops, a pirâmide das pirâmides!
De volta ao básico chão do dia a dia,
para mim tudo era poesia e vida.
Não tenho medo da morte,
visto que na sua precária existência
o poeta morre um pouco a
cada dia.

Renovo

Quem aprendeu a repartir o pão
partilha também o bolo
não é mesmo, Boulos?
Os que desmascaram a especulação
querem para todos um teto
ainda que ranjam os dentes
os inescrupulosos legalistas de plantão.
Quem com mãos femininas
cuidou da urbe tão desguarnecida
entende das classes sofridas
não é mesmo, Erundina?
Quem é moderno e não chafurda
na paulistana caretice elitista
nem é direita empedernida
vota 50 e proclama:
Há esperança na vida!

São Paulo, 29/11/2020
segundo turno das eleições para
a prefeitura de Sampa

O horto das reminiscências

Quem nos impôs esse alheamento,
agora que juntos, de mãos dadas,
enredamos à profusão do verde
em variadas espécies, neste vale
abissal da memória,
Lima Barreto?
Vicejam as espalhafatosas bromélias fúcsias
adornadas pelas pendentes helicônias.
Prepara-se o banquete dos Orixás,
pais e mães de nossa consolação,
muros fora da aristocrática cristandade.
As claras em neve, a multidão dos Anjos,
em todos nós amantes há um traço
sutil e inculcado das incertezas que
transpassaram o coração da cândida
Clara dos Anjos.
Todos estamos sujeitos às troças do destino,
alienados de nossa existência,
soterrados nas masmorras funéreas e gélidas
de nosso particular hospício de
estimação.

Cativeiro urbano

Essa cidade escura
as ruas cirurgicamente vazias
não tem ninguém no horizonte
fim dos tempos!
Se eu tivesse asas, voaria
buscaria um Ninho que fosse
para recostar a cabeça,
mas já é dezembro e sequer
uma estrebaria:
sem espera, sem advento
sem nenhuma estrela-guia
sem a festiva
algaravia.

A mãe ancoragem

para Rosa, minha mãe;
celebrando, hoje, seus 86 anos.

A mãe ancoragem
mantém os filhos em pé.
A mãe ancoragem sabe como e quando
colocar mais água no feijão.
A mãe ancoragem se fez um esteio
e o mundo escorou
em seus ombros.
A mãe ancoragem é a nutriz
de seus filhos,
e detém, por dadivosa graça,
o mistério da vida.

Botucatu, 15/12/2020

Etiologia

A primeira vez que
provei o amor
tinha um sublime gosto de
drops Dulcora.
Uma outra vez que
consenti com o amor,
foram laivos de
açúcar e sangue:
sedutor e forte como amora.
Agora, a última vez que
embeveci-me pelo amor, restou-me
o entorpecimento de uma injeção de
morfina; a travessia solitária da
morte.

Pueri domus

Lá vem o menininho
que pelo aspecto aparenta
ser um reles galileu.
Os cabelinhos cacheados
com óleo de especiarias
revela ser nazareno e
é o que dizem os Sacerdotes do Templo:
esse povo maldito e inculto da periferia!
A casa do menino é linda; um oásis de alegria.
Sua mãe uma açucena, o pai já velhinho
é construtor de mão-cheia,
um patriarca da justiça.
O sorriso desse menino é como o
sol do meio-dia, transborda potência e glória
e não há quem não se encante
com sua sabedoria.
Ele confunde os incautos, arrogantes e genocidas.
Acho que esse garoto é divino,
é um horizonte de esperança
pois perto dele eu transmudo e volto a ser
criança.

Botucatu, 25/12 – Natal de 2020

Kairós

Não tem começo
nem fim,
a eternidade é assim:
um réveillon sem festança
um velório restrito à família
um amor que não se autorrevela.
A alternância dos anos, esse resistente
exercício de Esperança, também
pode ser assim:
um "mito" que desce aos infernos
é trucidado pelos demônios
transmuda-se em poeira cósmica
e desintegra-se no túmulo fétido e caiado
do esquecimento, que é a morada dos
mortos e perversos.

Conspiração

Eram afagos, que sob
as mãos esquálidas,
cadavéricas e gélidas
das inverdades,
portavam a argente
adaga; o punhal cruciante
da indiferença.
Talvez na memória
ou numa taça de vinho
sorvida a contragosto
o gole seco e amargo
das suas performances:
contorcionista pífio e vulgar
do irresoluto e periculoso
jogo da desídia.

Devaneio

Construí um mosaico
juntando coloridas pecinhas:
retratos da vida.
Erigiu-se a majestosa edificação
não sei se sobre a movediça areia
ou em sólido e robusto alicerce.
Nos remendos da existência
perdi o rumo, a bússola e alguns afetos.
Duvidando da marcial segurança
dediquei meus dias a abrir gaiolas e
contemplar nos céus
a alegoria pictórica e festiva
de libertos passarinhos.

Jeremias

Há viagens insólitas
exaustivas caminhadas
que sangram os pés
pisando e repisando
cardos no deserto.
A secura do ermo é sentida
quanto mais adentramos a
região salobra e desabitada
de nós mesmos...
Quando a floração?
Ou será assim, como quem
sofre à míngua sem um oásis
para mirar?
*Em tudo é enganador o coração, e isso é
incurável; quem poderá conhecê-lo?*

Cães de aluguel
(com licença de Quentin Tarantino)

para Marielle e Anderson
3 anos do inconcluso assassinato

Eles vampirizam almas
esses homens
depois de triturarem os corpos.
Eles usam farda, terno e gravata
batina e clérgima
esses homens.
Sempre os porcos chauvinistas – esses homens!
Eles não gozam com a sinergia dos corpos
só com as mãos sujas de sangue.
Eles são varões; veadinhos enrustidos, contumazes
machões bombados de anabolizantes e esteroides,
covardes misóginos
que só subsistem dissimulados atrás de
crucifixos, bíblias e armas:
nas mãos nenhum livro; nenhuma poesia.
Nunca! Nunca! Nunca!

Botucatu, 14 de março de 2021

Olhos lilases

Você sob a amoreira:
gotejam passionais nódoas violáceas na
sua pele, uns dias alva como lírio-da-paz
outros moura, noturno ébano,
como se estivesses empreendendo
uma mística jornada pelas
areias escaldantes do indizível
norte da África.
De longe vejo um oásis,
teus olhos lilases que miram o
horizonte onde eu não sou sequer
um minúsculo floquinho de nuvem.
Você comeu a dulcíssima amora?
Vou contar pro seu pai que você namora.
Mas minha boca, amarga de fel e despeito,
dirá sedenta de figadal vingança ao seu severo patriarca:
Mas sou eu, o doce fruto das
delícias dele!

Desterro

Despojadas as vestes
desnudos os pés
sem cajado, sem pão
sem vinho nem bornal:
a lembrança esconde-se
nas frestas das portas e janelas,
sustentada pelos altivos batentes;
soturnos portais
de um enigmático porvir.
O que denominam
isolamento social
é a latente porção migrante
de cada um de nós.

Diadorim

ouro sobre gelo:
lágrima
ouro sobre mel:
beijo
ouro sobre desejo:
sexo
ouro sobre o coração:
saudade
ouro entre os dedos:
segredo
ouro espargido
sobre cristalinas gotículas ao léu:
arco-íris.

Da seita dos astrosos

a poesia é um escárnio
a poesia é uma infâmia
a poesia é um descaminho
é mais persuasiva que o kit gay
mais suculenta que a
mamadeira de piroca
mais convincente que o marxismo cultural
e sua dileta filha, a holística análise
gramsciana
a poesia só serve para
aumentar e aprimorar
nosso sofrimento
a poesia
É.

Beatitude

Ao teu lado não sinto
o hálito frio da morte
o distanciamento que nos é
imposto, aniquilando
o calor de nossos corpos,
sacramento visível
da indissolúvel união
entre matéria e espírito.
Talvez eu nem possa mais existir
para você, mas estarei sempre
em perene estado de dormição:
assunto aos Céus; no Paraíso; no Nirvana;
no Jannah; no Shamayim; no Orum;
sabendo que as almas gêmeas
caminham juntas em indissociável e insolúvel
comunhão.

Romãs sob o sol

tributo a Paul Valéry

Eu sob o sol
o poeta, flor-de-lótus
arcano juramentado
nu, estirado ao sol
louco da alquímica insolação.
Penso no seu corpo
voluptuosa romã
sua boca, seu sexo,
gemas de carmim
filigranas de ouro
do inconsútil manto
que cobre, agasalha
e segreda as sumarentas
partes de sua arquitetura.

Claustro de vidro

*As verdadeiras viagens começam
quando acabam os caminhos.*
Jacques Lacan

Não há um só itinerário
sequer um périplo
a ser vencido nessa jaula de cristal:
para nós, os *covidianos* de uma pandemia mortal.
A vida é percorrer uma
mandala,
um jardim de copiosas e
variegadas diversidades.
O viajante noturno,
sequioso pela aurora,
anseia encontrar seu derradeiro porto
ao cruzar as múltiplas veredas:
ora indômito, ora pacificado
vislumbra nos subterrâneos de sua alma
a gênese mais profunda
de sua atemporal caminhada,
como um monge tropicalista, à deriva.

(Botucatu, 15/09/2021 – uma trégua no isolamento social)